GOSCINNY Y UDERZO
PRESENTAN

LA TRAVESÍA DE LUTECIA

Textos: **L. d'Andréa - P. Clerc - O. Serrano**

Dibujos: **P. Fenech**

SALVAT

ESTAMOS EN EL AÑO 52 ANTES DE JESUCRISTO. TODA LUTECIA ESTÁ OCUPADA POR LOS ROMANOS… ¿TODA LUTECIA? ¡NO! UN PEQUEÑO GRUPO DE IRREDUCTIBLES ANIMALES LUTECIANOS LIDERADOS POR IDEAFIX RESISTE TODAVÍA Y SIEMPRE A LOS PLANES DE ROMANIZACIÓN DE LA CIUDAD. Y LA VIDA NO ES FÁCIL PARA EL GENERAL LABIENUS Y LA JAURÍA DE PERROS ROMANOS QUE INTENTAN ROMANIZAR LUTECIA…

IDEAFIX, EL HÉROE DE ESTAS AVENTURAS. DE INTELIGENCIA VIVA, DOTADO DE UN OLFATO SIN IGUAL, LIDERA SU BANDA DE IRREDUCTIBLES ANIMALES EN LA RESISTENCIA CONTRA LA ROMANIZACIÓN DE LA CIUDAD, FUENTE DE INJUSTICIAS Y DE DAÑOS A LA NATURALEZA QUE LE INDIGNAN. NADA LE DA MIEDO, SOLO HAY UNA COSA QUE LE MOLESTA: ¡QUE ALGUIEN SE REFIERA A SU PEQUEÑO TAMAÑO! «¡¿QUIÉN ES PEQUEÑO?!».

TURBINA ¡ES LA PERRITA MÁS RÁPIDA DE LUTECIA! SIEMPRE DISPUESTA A HACER CUALQUIER COSA PARA AYUDAR A IDEAFIX, POR DESGRACIA TURBINA OLVIDA LOS PLANES DE SU AMIGO TAN PRONTO COMO ESTE SE LOS EXPLICA.

DEVÓRIX ES EL CACHAS DE LA BANDA. PARA ÉL NO HAY NADA MEJOR QUE ARREMETER CONTRA LA JAURÍA DE PERROS ROMANOS PARA QUE SALGAN VOLANDO POR LOS AIRES. ORIGINARIO DE TOLOSA, LE VUELVEN LOCO LAS SALCHICHAS DE SUS AMOS, LOS CHARCUTEROS POLLOASÁDIX Y PUREDE-PATATA.

PICARINA ES UNA GATA INDEPENDIENTE, SEGURA DE SÍ MISMA Y MORDAZ. SE CONOCE DE MEMORIA TODOS LOS RINCONES DE LUTECIA, Y LOS ROMANOS CAMBIAN DE COLOR CUANDO SACA SUS AFILADAS GARRAS.

VUELONOCTÚRNIX, EL BÚHO, VIVE CON EL DRUIDA AMNÉSIX, QUE SE HA INSTALADO EN EL BOSQUE PARA HUIR DE LOS ROMANOS. A FUERZA DE OBSERVAR A SU AMO, SE IMAGINA QUE ÉL TAMBIÉN ES DRUIDA Y MEZCLA INGREDIENTES PARA PREPARAR POCIONES QUE NUNCA TIENEN LOS EFECTOS DESEADOS.

ASMÁTIX ES UN ANCIANO PALOMO LUTECIANO. ES UN VETERANO DE LAS LUCHAS GALAS, HERIDO CUANDO TRANSPORTABA MENSAJES AL FRENTE PARA EL DERROTADO JEFE GALO CAMULÓGENO. MEMORIA DE LUTECIA, TRANSMITE SU EXPERIENCIA Y SUS CONOCIMIENTOS A LOS JÓVENES IRREDUCTIBLES. Y, COMO TODO PALOMO, NO SE RESISTE A UNA MIGA DE PAN QUE SE TIRE AL SUELO,

LA TRAVESÍA DE LUTECIA

Textos: Lison d'Andréa
Dibujos: Philippe Fenech

UNA OCUPACIÓN ROMANA QUE, POR SU PARTE, NO SE OLVIDA DE ELLOS...
¡HIP! ¿QUÉ, ROMANOS, OS TOCA PATRULLAR? ¡HIP!
SÍ, NOSOTROS HACEMOS LA RONDA MIENTRAS VOSOTROS BAILÁIS, ¿QUÉ PASA?
¡MIENTRAS LUTECIA SE EMBORRACHA, NOSOTROS AYUDAMOS A ROMA A PONER ORDEN!
UN POCO MÁS LEJOS...
CUANDO LA NOCHE SE DA BIEN, HAY QUE RECONOCERLO.
¿QUIÉN VA?
¡POR BELENOS, EN MARCHA!
¡AL LADRÓN!
¡ARRE!
¡CHAC!
¡¡AL LADRÓN!!

¡PASO, QUE VOY!
?!
?!?
¡ESTOS LUTECIANOS CONDUCEN COMO AUTÉNTICOS BÁRBAROS!
¡AL ASESINO! ¡AL CRIMINAL! ¡JUSTICIA, POR BELENOS! ¡ESTOY PERDIDO, ME HAN ASESINADO, ME HAN REBANADO LA GARGANTA, ME HAN ROBADO MIS SESTERCIOS!
¡VENGA, HOMBRE, CÁLLATE DE UNA VEZ! ¡LA GLORIOSA LEGIÓN ROMANA SE ENCARGARÁ DE DETENER AL LADRÓN!
MIS POBRES SESTERCIOS... ¡NO VOLVERÉ A VERLOS NUNCA!
AL DÍA SIGUIENTE...
¡ESPIGADEMAÍZ, AMIGO!
UN, DOS, TRES...
CUATRO, CINCO...
¡POLLOASÁDIX, QUÉ ALEGRÍA!

¡JO, JO! ¡SIEMPRE ACOMPAÑADO POR TU FIEL DEVÓRIX!
¿QUÉ TAL VAN LOS NEGOCIOS?
¡DE FÁBULA! OBSERVA MIS ÚLTIMOS DESCUBRIMIENTOS, *FACTUM IM SINA**!
* FABRICADO EN CHINA.
HASTA TENGO UN PRODUCTO EXCLUSIVO, QUE RESERVO PARA MI CLIENTELA MÁS FIEL: ¡FUEGOS DE ARTIFICIO! ¿LOS CONOCES?
¿FUEGODEARTIFIZ? ¿QUIÉN ES, UN PRIMO TUYO?
¡NO! ¡SE TRATA DE ESTO! ¡TE GARANTIZO UNA FANTÁSTICA EXPLOSIÓN DE COLORES!
HUM... EN REALIDAD, LO QUE BUSCO ES UN REGALO DE CUMPLEAÑOS PARA PUREDEPATATA... ¿NO TIENES ALGO MENOS EXPLOSIVO?
NO ME DIGAS MÁS, ¡ESPIGADEMAÍZ TE SACARÁ DEL APURO!
UN JARRÓN CHINO EXTREMADAMENTE DELICADO Y VALIOSO. ¡POR SER UNA OCASIÓN ESPECIAL, TE HARÉ DESCUENTO!
OHHH... ¡SERÍA PERFECTO PARA MI PATATITA! TE OFREZCO CINCUENTA SESTERCIOS.
¿CINCUENTA SESTERCIOS? ¿ACASO DESEAS LA MUERTE DEL PEQUEÑO COMERCIO? ¡CIENTO CINCUENTA, Y QUE CONSTE QUE TE LO ESTOY REGALANDO!

¿CIENTO CINCUENTA? ¡MENUDO ROBO! ¡TE PAGARÉ SETENTA Y CINCO Y YA ME PARECE UN EXCESO!
HUESOS, ¿QUÉ ES ESTO?
Especias
¡EH, QUE TENGO UN MONTÓN DE LETRAS QUE PAGAR! ¡TE LO VENDO POR CIENTO VEINTICINCO! ¡ES MI ÚLTIMA PALABRA!
¡OCHENTA Y CINCO!
¡¡AAAAA...
... CHÍS!!
CIENT...
!?!
¡CIEN SESTERCIOS, NI UN CÉNTIMO MÁS!
¡TRATO HECHO! PERO QUE CONSTE QUE SALGO PERDIENDO.
AHORA MISMO TE LO ENVUELVO.
¡NO! NO VAYA A SER QUE PATATITA ME VEA LLEGAR CON EL PAQUETE Y SE ME ESTROPEE LA SORPRESA.
VENDRÉ A BUSCAR EL JARRÓN ESTA NOCHE.

MUY BIEN, AMIGO MÍO, PERO NO LLEGUES TARDE. PARTO MAÑANA AL AMANECER Y MI JORNADA YA CASI HA TERMINADO. ¡JE, JE!
LA MÍA, EN CAMBIO, NO HA HECHO MÁS QUE EMPEZAR... ¡¡JA, JA, JA!!
UN RATO DESPUÉS...
¿TODO BIEN, DEVÓRIX? ¡QUÉ MORRO TRAES!
HOLA..., ¡SNIF!, AMIGOS..., ¡SNIF!
¡HUESOS, NO OS FIEIS DE LAS ESPECIAS! TENGO LA TRUFA QUE ECHA... ¡AAAAA...
... CHÍS!
... FUEGO.
¡OÍD! ¡OÍD!
¡LUTECIANAS, LUTECIANOS! ¡PARA DETENER AL «LADRÓN DEL CARRO», NUESTRO GRAN GENERAL LABIENUS DECLARA QUE LO PERSEGUIRÁ A SANGRE Y FUEGO!

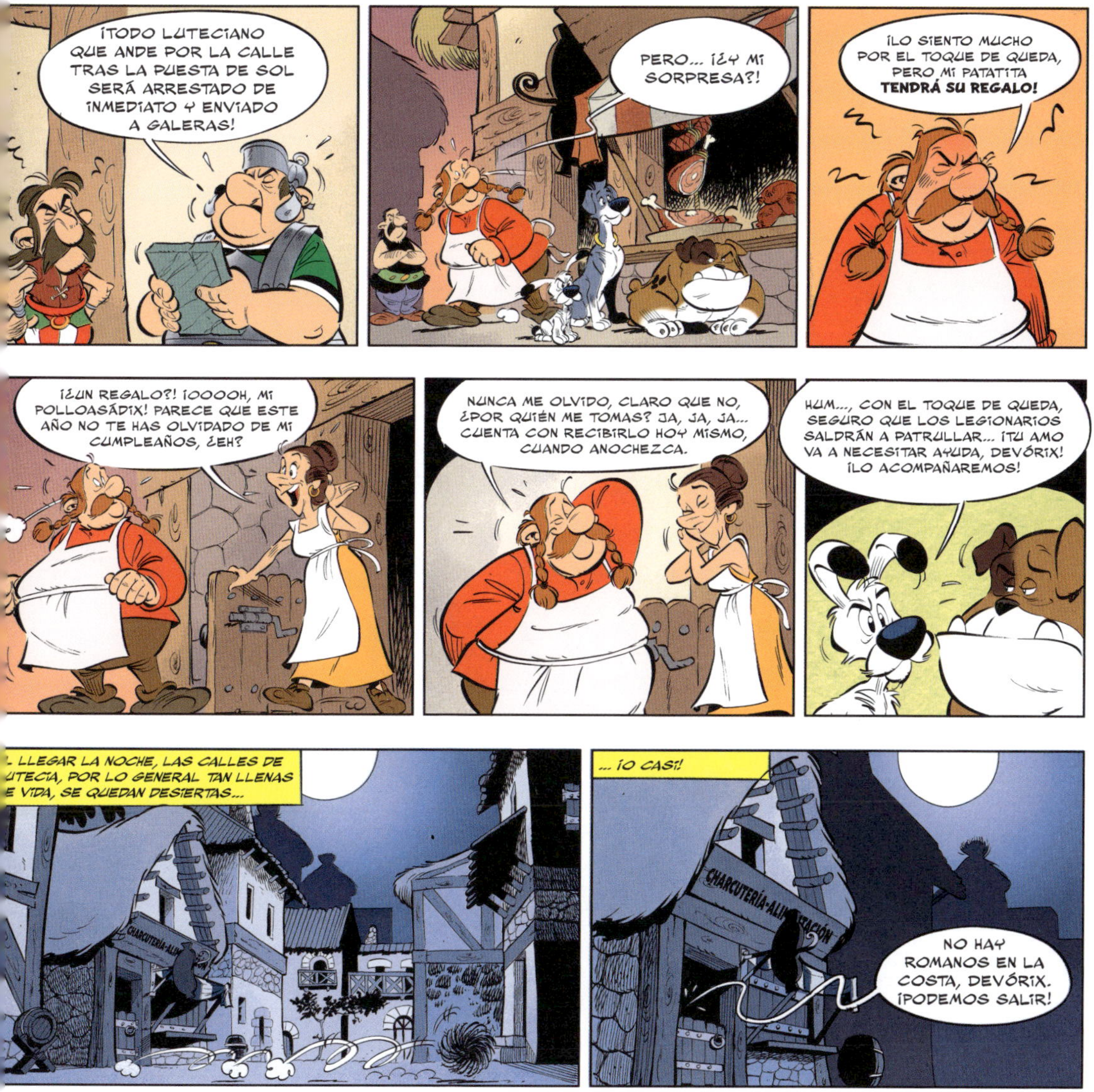
¡TODO LUTECIANO QUE ANDE POR LA CALLE TRAS LA PUESTA DE SOL SERÁ ARRESTADO DE INMEDIATO Y ENVIADO A GALERAS!
PERO... ¡¿Y MI SORPRESA?!
¡LO SIENTO MUCHO POR EL TOQUE DE QUEDA, PERO MI PATATITA **TENDRÁ SU REGALO!**
¡¿UN REGALO?! ¡OOOOH, MI POLLOASÁDIX! PARECE QUE ESTE AÑO NO TE HAS OLVIDADO DE MI CUMPLEAÑOS, ¿EH?
NUNCA ME OLVIDO, CLARO QUE NO, ¿POR QUIÉN ME TOMAS? JA, JA, JA... CUENTA CON RECIBIRLO HOY MISMO, CUANDO ANOCHEZCA.
HUM..., CON EL TOQUE DE QUEDA, SEGURO QUE LOS LEGIONARIOS SALDRÁN A PATRULLAR... ¡TU AMO VA A NECESITAR AYUDA, DEVÓRIX! ¡LO ACOMPAÑAREMOS!
LLEGAR LA NOCHE, LAS CALLES DE UTECIA, POR LO GENERAL TAN LLENAS E VIDA, SE QUEDAN DESIERTAS...
CHARCUTERÍA-ALIM
... ¡O CASI!
CHARCUTERÍA-ALIMENTACIÓN
NO HAY ROMANOS EN LA COSTA, DEVÓRIX. ¡PODEMOS SALIR!

¡SIGÁMOSLOS A CIERTA DISTANCIA!
¡ME ALEGRA QUE HAYAS VENIDO, AMIGA!
¡NO IBA A DEJAR QUE SALIERAIS A DAR UNA VUELTA SIN MÍ! ¡ADEMÁS, POR LA NOCHE ME ESPABILO!
LAS CALLES NO ESTÁN TAN DESIERTAS, PUES NO LEJOS DEL PALACIO DE LA LOBA...
YA NO QUEDA NADIE EN LAS CALLES, ¡SOLO NUESTRO LADRÓN SE ATREVERÍA A SALIR!
ESPERO QUE LO ENCONTREMOS. ¡ESTOY HARTO DE LIMPIAR LETRINAS
OS RECUERDO QUE EL QUE PRIMERO QUE ENCUENTRE AL LADRÓN TENDRÁ DOBLE RACIÓN DE RANCHO...
EN LA OTRA PUNTA DE LUTECIA...
¡JE, JE! ¡SOY EL ÚNICO QUE SE ATREVE A SALIR! LOS ROMANOS ME HAN FACILITADO LA TAREA: ¡TODA LA CIUDAD ESTÁ A MI DISPOSICIÓN!

¡UNA PATRULLA!
¡ESCONDÁMONOS, DEVÓRIX!
¡TURBINA, ME ESTÁS APLASTANDO LA COLA!
¡CALLA, PICARINA, QUE NOS VAN A OÍR!
¡BONG!
¡¿QUIÉN ANDA AHÍ?!
?!
¡ALTO EN NOMBRE DE LA LEGIÓN ROMANA!
¡GRRRR!
¡TE ORDENO QUE TE DETENGAS!

¡UF! ¡NO NOS HAN PILLADO POR UN PELO!
¡HE CONSEGUIDO DESPISTAR A LA PATRULLA! ¡AJÁ, SE ACERCA ALGUIEN QUE ME AYUDARÁ A QUITÁRMELA DE ENCIMA PARA SIEMPRE!
¡EN MARCHA, DEVÓRIX!
¡NO LOS PERDAMOS DE VISTA!
EN NOMBRE DE ROMA, ¡DETENEOS!
!?!
!!
¡LOS LEGIONARIOS! ¡POR ALLÍ, DEPRISA!
¡JE, JE, JE!
¡Y AHORA LOS ROMANOS!
¡POR TUTATIS! ¡¡ROBARÉ EN ESTA CASA!!

¡MISIÓN CUMPLIDA!
¡BUUM!
¡A ESO LE LLAMO YO UN PLAN IMPACTANTE!
¡VICTORIA! ¡YA TENEMOS AL LADRÓN!
¡NO! ¡NO SOY YO!
¡VENGA, SUCIO LADRÓN! ¡AL TRULLO!
¡GRRRR!
¡HUESOS, NO PERMITIRÉ QUE ESOS ROMANOS ARRUINEN EL CUMPLEAÑOS DE PUREDEPATATA!
¡BUUUM!
¡BRAVO, AMIGO MÍO! ¡Y AHORA, AL PUERTO!

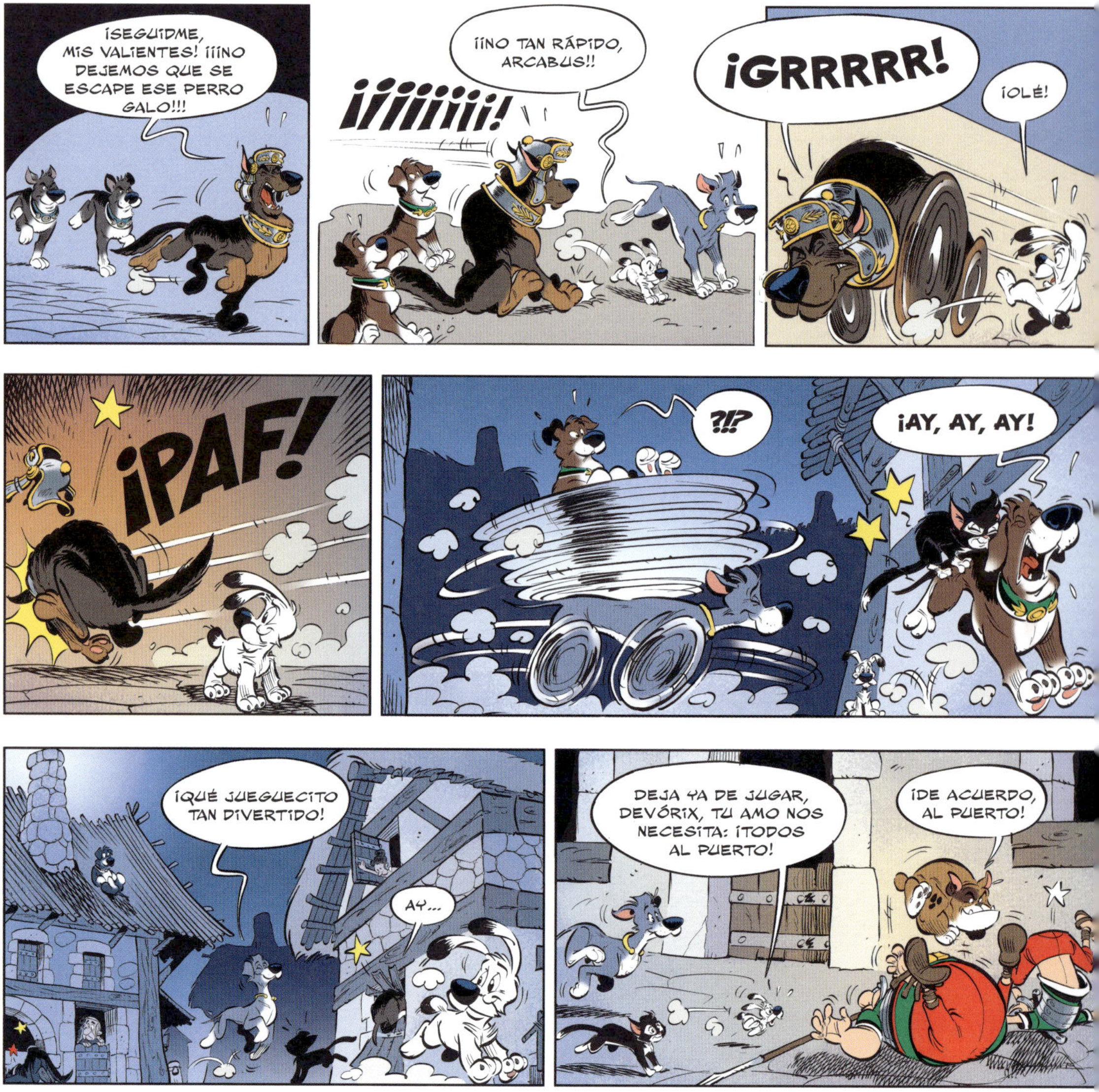
¡SEGUIDME, MIS VALIENTES! ¡¡¡NO DEJEMOS QUE SE ESCAPE ESE PERRO GALO!!!
¡¡NO TAN RÁPIDO, ARCABUS!!
¡¡¡¡¡¡¡¡!
¡GRRRRRR!
¡OLÉ!
¡PAF!
?!?
¡AY, AY, AY!
¡QUÉ JUEGUECITO TAN DIVERTIDO!
AY...
DEJA YA DE JUGAR, DEVÓRIX, TU AMO NOS NECESITA: ¡TODOS AL PUERTO!
¡DE ACUERDO, AL PUERTO!

¡BUF!
¡BUF!
?!
¡¿Y MI JARRÓN?!
¡¡¡AL LADRÓN!!!
AL LA... ¡¿AL LADRÓN?! ¡¿HE OÍDO LADRÓN?!
¡¡¡AL LADRÓN!!!
¡¡¡AL LADRÓN!!!
¡YA NO PUEDE UNO NI ROBAR EN PAZ!
¡¡¡AL LADRÓN!!!
¡CHAC!
¡¡¡ADELANTE!!!

¡DEVUÉLVEME MI JARRÓÓÓÓN!
?!?
¿QUIERES HACER EL FAVOR DE SOLTARTE?
PRONTO LLEGAREMOS AL PUERTO, SIEMPRE QUE NO SEA DEMASIADO...
?!
¡PIF!
¡PAF!
¡HUESOS, MI AMO ES MÁS DURO QUE LA MANDÍBULA DE UN *BULLDOG*!
¡¡¡VAMOS TRAS ELLOS!!!
¡TOC!

CUIDA...
¡GONG!
¡GONG!
¡PAF!
¡BUUM!
¡¡¡GRACIAS, PICARINA!!!
¡NO HA SIDO NADA, CACHORRITO, NO SERÁ UN BARRIL EL QUE ME BARRA!
¡¡¡EL JARRÓN CHINO ES **MÍO!!!**
¡PUES BÚSCAME EN CHINA, SI TANTO LO QUIERES!
¡TOC!
¡AY!

¡AY!
¡AY!
¡TOC!
¡TOC!
¡AY!
¡TOC!
¡AY!
¡TOC!
¡AY!
¡TOC!
¿TE VAS A SOLTAR O NO?
?!
¡ZAAS!
¡BONG!
¡EL JARRÓÓÓN! ¡NOOOOO!
¡CRAAC!
EN NOMBRE DE ROMA, DETE...
!?!
¡¡¡¡¡¡¡¡¡¡¡¡¡¡¡¡¡!
¡BRUUUM!

¡TOC!
OH, NO...
¡TOC!
PSHH
¡BRUUM!
¡BANG!
¡PIF!
¡PAM!
¡BRAVO!
¡BANG!
¡BUM!
¡PIF!
¡PAF!
¡HIP! LA NOCHE ESTÁ QUE ARDE CON TANTO FUEGO... ¡HIP!
¡BUUM!
?!?

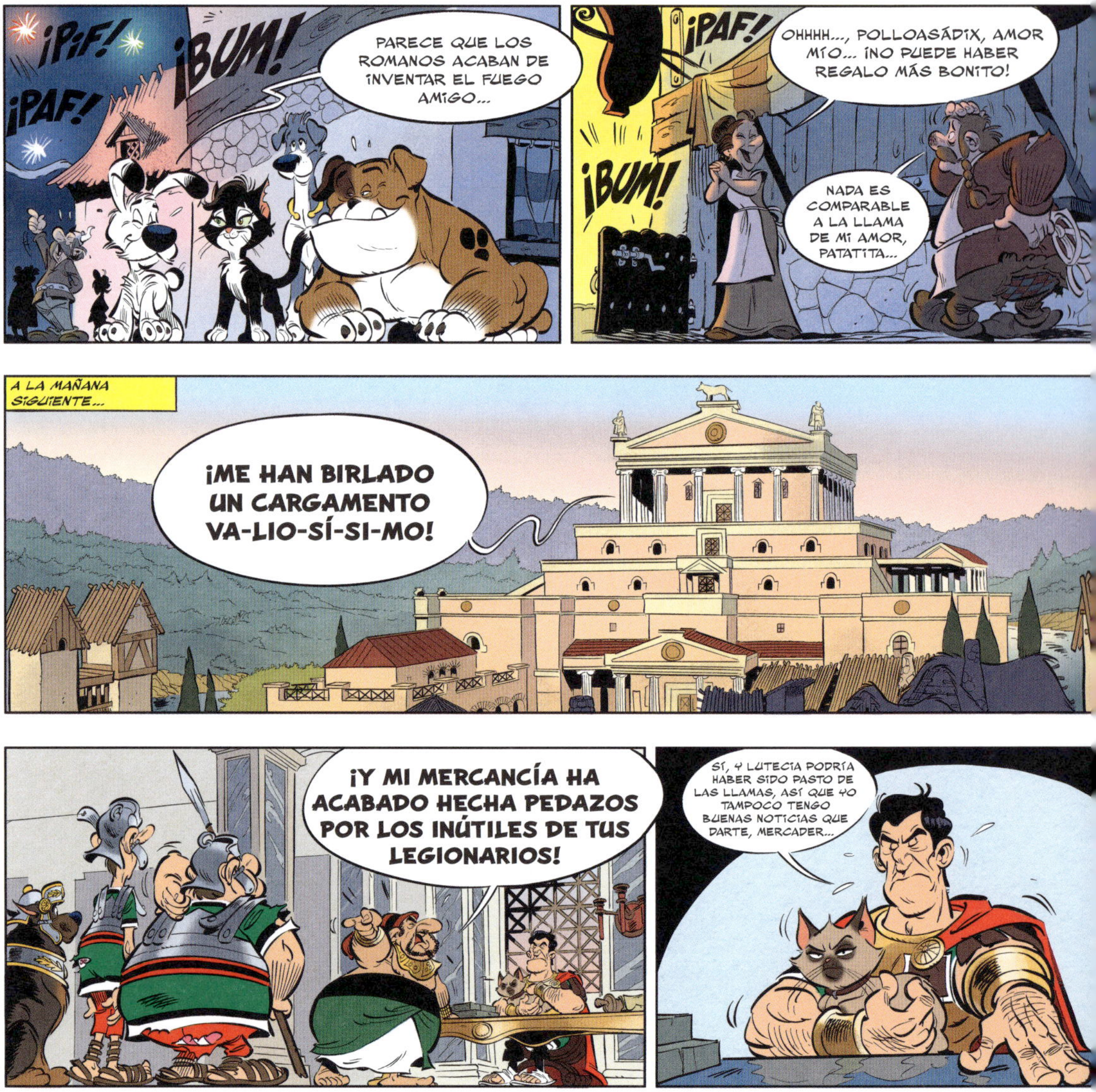
¡PIF!
¡PAF!
¡BUM!
PARECE QUE LOS ROMANOS ACABAN DE INVENTAR EL FUEGO AMIGO...
¡PAF!
¡BUM!
OHHHH..., POLLOASÁDIX, AMOR MÍO... ¡NO PUEDE HABER REGALO MÁS BONITO!
NADA ES COMPARABLE A LA LLAMA DE MI AMOR, PATATITA...
A LA MAÑANA SIGUIENTE...
¡ME HAN BIRLADO UN CARGAMENTO VA-LIO-SÍ-SI-MO!
¡Y MI MERCANCÍA HA ACABADO HECHA PEDAZOS POR LOS INÚTILES DE TUS LEGIONARIOS!
SÍ, Y LUTECIA PODRÍA HABER SIDO PASTO DE LAS LLAMAS, ASÍ QUE YO TAMPOCO TENGO BUENAS NOTICIAS QUE DARTE, MERCADER...

SEA, PUES. CÉSAR TENDRÁ NOTICIAS DE CÓMO LA LEGIÓN GARANTIZA LA SEGURIDAD EN LUTECIA...
¡¿EH?! ¡AGUARDA!
JE, JE, JE... POR SUPUESTO, TE REMBOLSARÉ TODA LA MERCANCÍA ROBADA...
NO ESPERABA MENOS DE TI, GENERAL. IRÉ A GRABAR LA FACTURA. ¡PAGO AL CONTADO, NATURALMENTE!
¡¡¡EN CUANTO A VOSOTROS, A LIMPIAR LAS LETRINAS!!!
¡Y VOSOTROS, CASTIGADOS SIN RANCHO!
¡HUESOS, NUNCA HABÍA VISTO TAN CONTENTA A PUREDEPATATA!
¡ESTÁ CONVENCIDA DE QUE POLLOASÁDIX LE REGALÓ ESOS FUEGOS ARTIFICIALES POR SU CUMPLEAÑOS!
¡JE, JE, JE!

¡AH! ¿ENTONCES NO ERA ESE SU REGALO?
¿BROMEAS, TURBINA?
ESTO YA ES LA GOTA QUE DESBORDA EL VASO...
¿EL VASO O EL JARRÓ CHINO?
UNA NOCHE REPLETA DE FUEGOS, LUCES Y COLORES LLEGA A SU FIN. Y TRAS TANTOS INFORTUNIOS, ¡TENDRÁN QUE PASAR SIGLOS HASTA QUE VOLVAMOS A OÍR HABLAR DE FUEGOS DE ARTIFICIO!
¡JA, JA, JA!
FIN
DEL EPISODIO

GORGORITOS EN LA CRIPTA

TEXTOS: PHILIPPE CLERC Y OLIVIER SERRANO
DIBUJOS: PHILIPPE FENECH

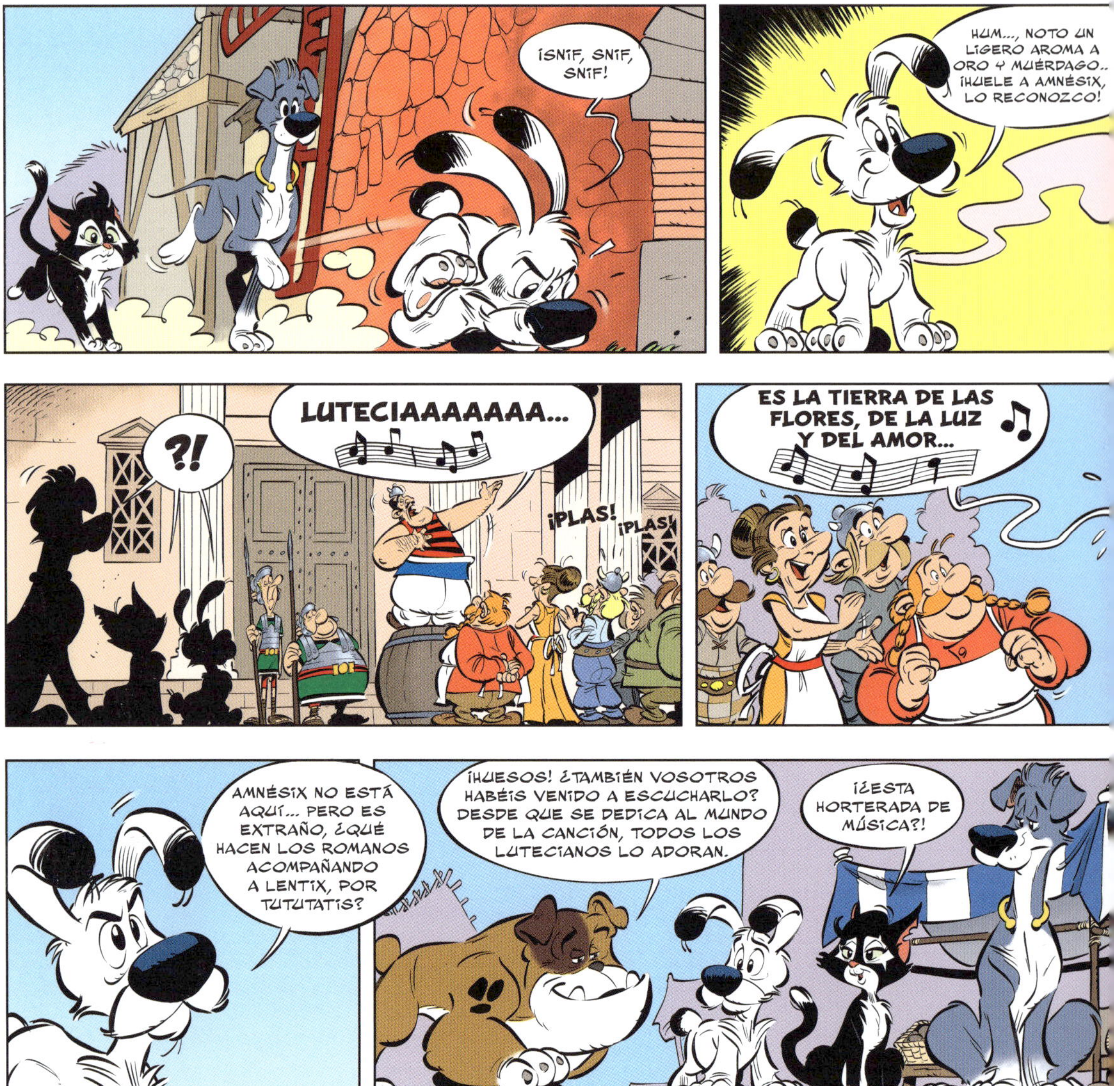
¡SNIF, SNIF, SNIF!
HUM..., NOTO UN LIGERO AROMA A ORO Y MUÉRDAGO.. ¡HUELE A AMNÉSIX, LO RECONOZCO!
?!
LUTECIAAAAAAA...
¡PLAS!
¡PLAS!
ES LA TIERRA DE LAS FLORES, DE LA LUZ Y DEL AMOR...
AMNÉSIX NO ESTÁ AQUÍ... PERO ES EXTRAÑO, ¿QUÉ HACEN LOS ROMANOS ACOMPAÑANDO A LENTIX, POR TUTUTATIS?
¡HUESOS! ¿TAMBIÉN VOSOTROS HABÉIS VENIDO A ESCUCHARLO? DESDE QUE SE DEDICA AL MUNDO DE LA CANCIÓN, TODOS LOS LUTECIANOS LO ADORAN.
¡¿ESTA HORTERADA DE MÚSICA?!

LUTECIAAAAA... TUS MUJERES TODAS TIENEN DE LAS ROSAS EL COLORR... ¿QUÉ PASA?
¡AL BUCHE!
¡LA CANTIMPLORA! ¡ERA ESO LO QUE OLÍA! ¡ES UNA POCIÓN MÁGICA DE AMNÉSIX!
EH... ¡SEGUIRÉ ESTA NOCHE, EN LA CRIPTA DE LA LECHUZA!
¡PLAS!
¡PLAS!
¡PLAS!
LENTIX SE LARGA... ¡NO LO PERDAMOS DE VISTA!
¡¿EH?!
¡OH, UNA MANADA DE PERROS! ALEJADLOS DE MÍ... ¡SOY ALÉRGICO!

YO SEGUIRÉ A LENTIX. VOSOTROS OCUPAOS DE LOS ROMANOS.
?!
¡GENIAL, VAMOS A DIVERTIRNOS UN RATO!
¡PAFF!
¡CUIDADO! ¡PUEDE QUE TE DUELA UN POQUITO!
¡CLING!
¡¡UUAAA!!
¡¡UUAAAAAAA!!
¡JA! ¡JA! ¡JA!

¡UF, LOS HE DESPISTADO!
¡BUF! ¡BUF!
¡BUF!
?!
¡FUERA! ¡DESAPARECE DE MI VISTA, SACO DE PULGAS!
¡HUESOS, LOS ROMANOS HAN TENIDO SU RACIÓN DIARIA DE PORRAZOS!
¿Y QUÉ? ¿DÓNDE ESTÁ LENTIX?
NO LO ENTIENDO: ESTABA AHÍ Y, SIN MÁS, SE HA ESFUMADO.
HUMMMM...

¡AMNÉSIX, SE ME HA TERMINADO LA POCIÓN! NECESITO MÁS, ¡Y RÁPIDO!
¡ES INTOLERABLE! ¡MIRA QUE SECUESTRAR A UN HONRADO DRUIDA! ¡SI QUIERES MÁS POCIÓN, NECESITARÉ PELOS!
¡OH, POR JÚPITER, VEO QUE ESTA MAÑANA NO TIENES PELOS EN LA LENGUA!
EN LA GUARIDA...
SNIF, SNIF... MUÉRDAGO... ROBLE... TAMBIÉN TIENE TOMILLO... ¡Y BOGAVANTE!
¡HUM! PROBABLEMENTE SE TRATE DE UNA POCIÓN DE REJUVENECIMIENTO...
¡PUAJ, HAY UN PELO PEGADO EN EL FONDO!
¿UN PELO? MAESTRO, ESO SOLO PUEDE SER UNA POCIÓN DE TRANSFORMACIÓN.
EH... ¡ESO JUSTAMENTE IBA A DECIR YO!
¡PUES CLARO! ASÍ SE EXPLICA QUE HAYA VISTO A ASTUTUS... ¡ERA ÉL! ¡SE HACE PASAR POR LENTIX!
¡Y ESO TAMBIÉN EXPLICARÍA LA DESAPARICIÓN DE AMNÉSIX!

LOS ROMANOS SE LO HAN LLEVADO PARA OBLIGARLO A HACER ESTA POCIÓN.
HUM... TENGO UNA IDEA.
¿TODOS AL ATAQUE?
NO, DEVÓRIX, ESTA VEZ ES UNA OPERACIÓN DE PATAS DE SEDA.
¡BAH! ¡SI YA NO SE PUEDE GOLPEAR A LOS ROMANOS, PREFIERO VOLVER PARA ZAMPARME UNAS CUANTAS SALCHICHAS!
EN EL PALACIO TIENE LUGAR UNA ESCENA POCO HABITUAL...
¡AY! ¡¿OTRA VEZ?!
¡ZING!
¡JAMÁS DEBÍ ACEPTAR ESTE TRATO! ¡ESTOY HARTO DE ESTAR ENCERRADO AQUÍ DENTRO!
TE QUEDARÁS AQUÍ MIENTRAS NO ME CANSE DE CANTAR. LALALALÁ...
¡POR FIN PUEDO HACER REALIDAD MI SUEÑO! ¡ARTISTA ADORADO POR LA NOCHE... Y PREFECTO DE LUTECIA DE DÍA!
¡ACHÍS!
¿MIAUUU?
¡CHAC!

¡¡¡LABIENUS, NO ME DIGAS QUE TU GATA ESTÁ AQUÍ!!! SABES PERFECTAMENTE QUE NO SOPORTO A LOS ANIMALES.
LA GA... PERO ES IMPOSIBLE, OH, PREFECTO...
¡BIEN, BASTA DE CHÁCHARA! ME VOY A DESPERTAR A MI MUSA...
¡¿ESTÁS BIEN, PRINCESITA?!
¡MARRAMAMIAUUUU!
?
¡OOOHHHH!
DEJA ESE COLLAR DONDE LO HAS ENCONTRADO, LENTIX, SI NO QUIERES QUE TE ENCIERRE...

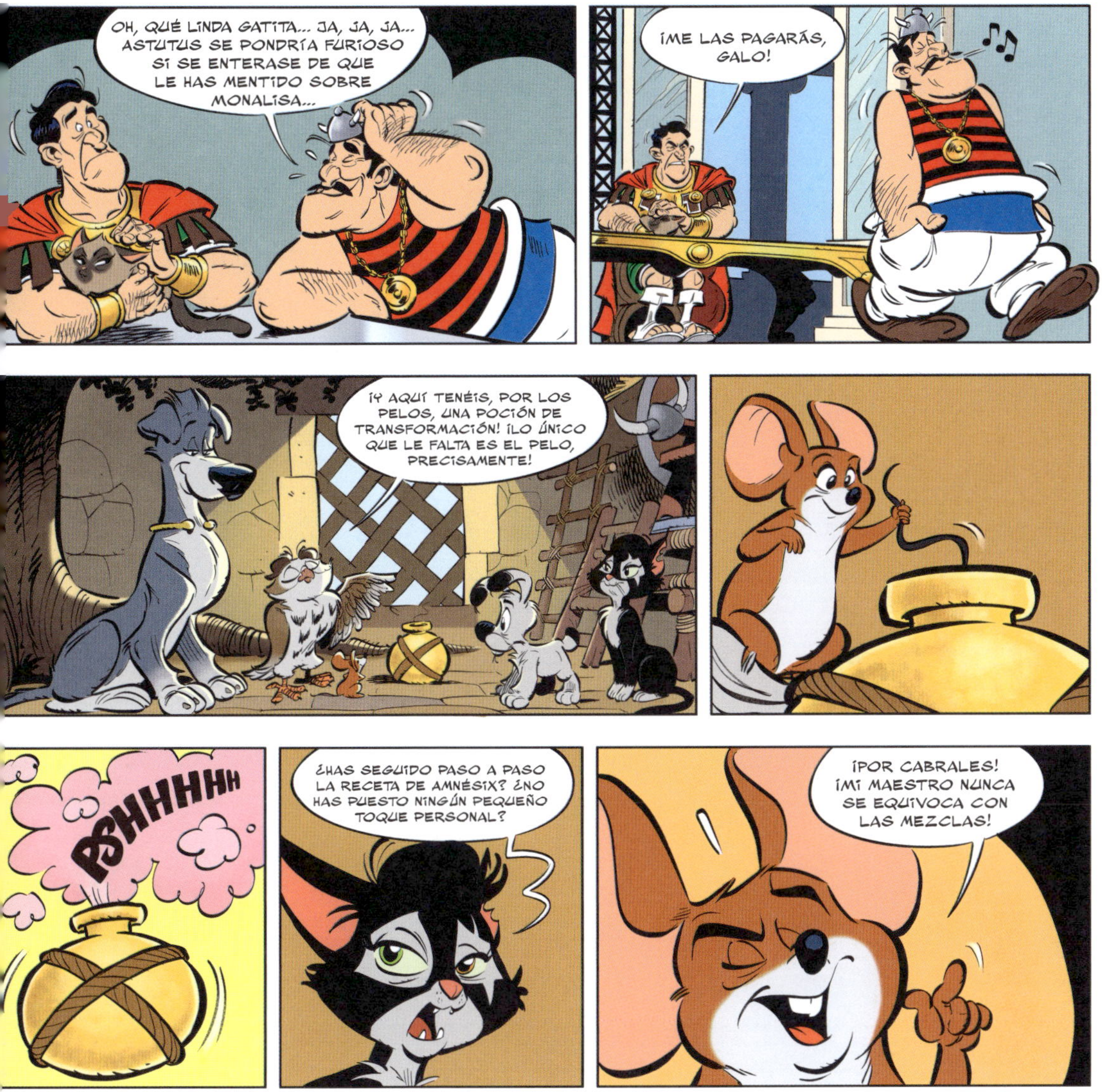
OH, QUÉ LINDA GATITA... JA, JA, JA... ASTUTUS SE PONDRÍA FURIOSO SI SE ENTERASE DE QUE LE HAS MENTIDO SOBRE MONALISA...
¡ME LAS PAGARÁS, GALO!
¡Y AQUÍ TENÉIS, POR LOS PELOS, UNA POCIÓN DE TRANSFORMACIÓN! ¡LO ÚNICO QUE LE FALTA ES EL PELO, PRECISAMENTE!
PSHHHHH
¿HAS SEGUIDO PASO A PASO LA RECETA DE AMNÉSIX? ¿NO HAS PUESTO NINGÚN PEQUEÑO TOQUE PERSONAL?
¡POR CABRALES! ¡MI MAESTRO NUNCA SE EQUIVOCA CON LAS MEZCLAS!

GLU
GLU
GLU
¡PUF!
?!
¡MISIÓN CUMPLIDA!
¡BLAAA-BRUUU-ÑAÑAÑA!
...
¡¿EH?!
¡BLAAA-BRUUU-ÑAÑAÑA!
¡BLAAA-BRUUU-ÑAÑAÑA!
CREO QUE TENGO LOS OÍDOS TAPONADOS.
¿
NORMALMENTE LADRAS DE OTRA MANERA, CACHORRITO. AUNQUE PARA ENTRAR EN EL PALACIO DE LA LOBA NO TE CONVIENE HACER NINGÚN RUIDO.

¡AVE, PREFECTO ASTUTUS!
¡SÍ, AVE!
¡SI ES QUE NO SE ENTERAN DE NADA! ¡RUMBO A LOS CALABOZOS, AMNÉSIX DEBE DE ESTAR ALLÍ!
¡PARECE QUE LA CERRADURA ESTÁ REFORZADA! ¡TENEMOS QUE ENCONTRAR LA LLAVE!
¡DEBERÍA DARTE VERGÜENZA, LENTIX! ¡¿CÓMO SE TE OCURRE PACTAR CON LOS ROMANOS?!
¡BLAAA-BRUUU-ÑAÑAÑA!
¡OH! PUFFFFF... ¡OH! PUFFFFF...
LA LLAVE ESTARÁ EN EL CUARTUCHO DE LABIENUS. ¡SEGUIDME!

BLAAA... ¡AAAH!
¡AH, PREFECTO ASTUTUS! ¿SABRÍAS DECIRME DÓNDE ESTÁN LAS COCINAS? ME MUERO DE HAMBRE...
¡BLAAA-BRUUU-ÑAÑAÑA!
BUENO, BUENO, ESTÁ BIEN... TAMPOCO HACE FALTA QUE TE ENFADES...
ENTONCES, ¿QUÉ BARRIO PODRÍA ARRASAR?
¡AHÍ ESTÁN LAS LLAVES!
¿AQUEL...? NO, ¿MEJOR AQUEL OTRO? ¿O EL DE MÁS ALLÁ?
¡ES TU TURNO, IDEAFIX!

¿TÚ QUÉ OPINAS, MI PRINCESA?
¿¿¿LENTIX???
!!!
¡¿SE PUEDE SABER QUÉ ESTÁS TRAMANDO ESTA VEZ?!
¡¡BLAAA-BRUUU-ÑAÑAÑA!!
ESCÚCHAME BIEN, GALO... ASTUTUS NO TE VA A PROTEGER ETERNAMENTE.
?
HUMM... TIENE UN ASPECTO MÁS SOSPECHOSO QUE DE COSTUMBRE...
¡JI, JI, IDEAFIX! ¡QUÉ BIEN SE TE DA IMITAR A LOS HUMANOS! NO SE HA DADO CUENTA DE NADA.
¡¿IDEAFIX?!

¡ARCABUS! IDEAFIX SE HACE PASAR POR LENTIX... ¡ÉL Y LOS IRREDUCTIBLES SE HAN INFILTRADO EN LA LOBA!
SPQR
¡TENEMOS QUE ENCONTRARLOS DE INMEDIATO! ¡SEGUIDME, MIS VALIENTES!
¡LENTIX! ¡SABÍA QUE ERAS UN VERDADERO GALO!
¡BLAAA-BRUUU-ÑAÑAÑA!
¡NO DIGAS NADA, TU MODESTIA TE HONRA!
¡JE, JE, JE!
¡POC!
LALALÁ LALA, LALALÁ LALA, LALALÁ LALÁ.

¡¡AAAHHH!! ¡EL DRUIDA! ¡SE HA FUGADO!
¡¡¡VAYA, SE HA OLVIDADO SU CANTIMPLORA DE POCIÓN!!!
JE, JE, QUEDA SUFICIENTE PARA MI RECITAL.
¡AVE, PREFECTO ASTUTUS!
¡SÍ, AVE!
TANTO AVE, TANTO AVE... ¡QUÉ GANAS TENGO DE LLEGAR A MI BOSQUE!
GRACIAS POR VUESTRA AYUDA, AMIGOS, HASTA PRONTO.
¡¡LENTIIIIIIX!! ¡¡LENTIIIIIIX!!
?

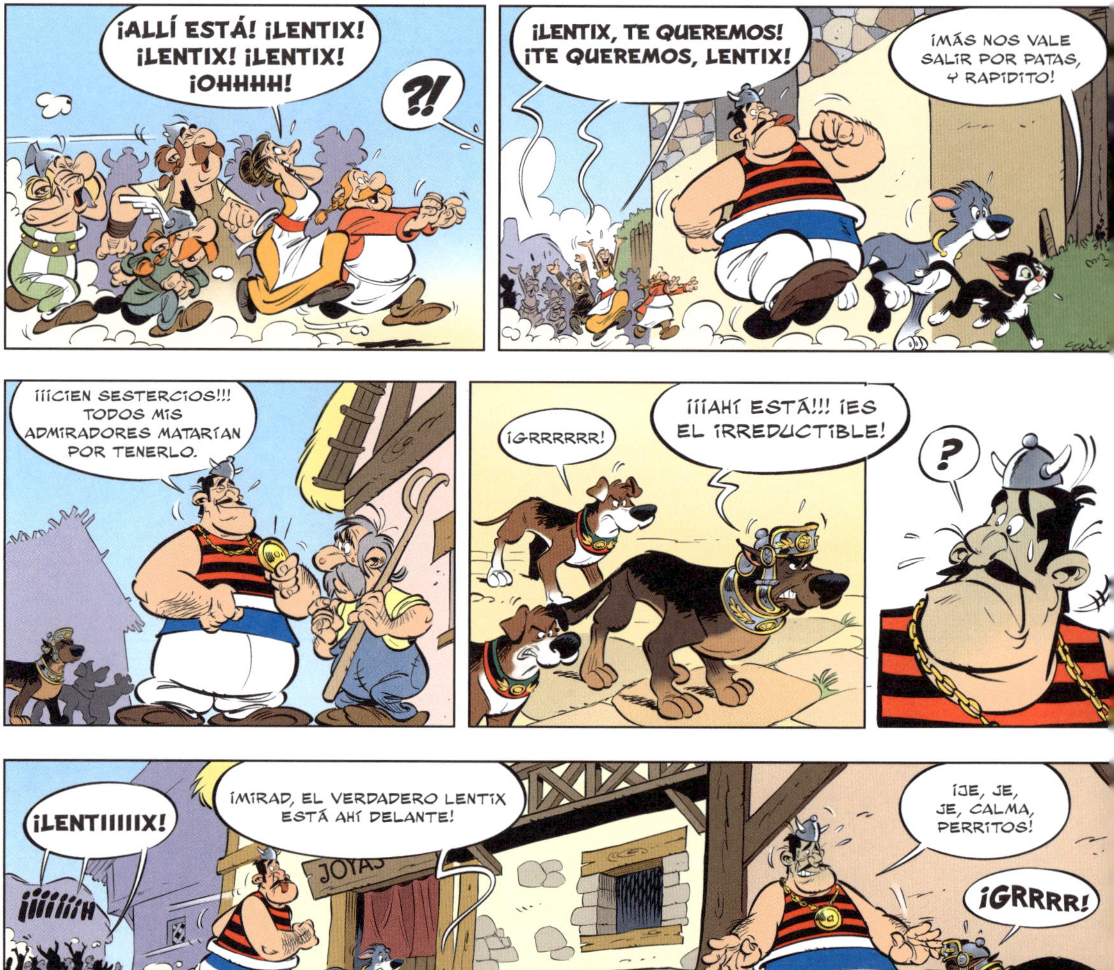
¡ALLÍ ESTÁ! ¡LENTIX! ¡LENTIX! ¡LENTIX! ¡OHHHH!
?!
¡LENTIX, TE QUEREMOS! ¡TE QUEREMOS, LENTIX!
¡MÁS NOS VALE SALIR POR PATAS, Y RAPIDITO!
¡¡¡CIEN SESTERCIOS!!! TODOS MIS ADMIRADORES MATARÍAN POR TENERLO.
¡GRRRRRR!
¡¡¡AHÍ ESTÁ!!! ¡ES EL IRREDUCTIBLE!
?
¡LENTIIIIIX!
¡¡¡¡¡¡¡¡H
¡MIRAD, EL VERDADERO LENTIX ESTÁ AHÍ DELANTE!
JOYAS
¡JE, JE, JE, CALMA, PERRITOS!
¡GRRRR!

¡BLAAA-BRUUU-ÑAÑAÑA!
¡SEGURO QUE ESO QUIERE DECIR «NUBE DE POLVO»!
¡VALE, VALE!
?!
¡APROVECHEMOS LA CONFUSIÓN PARA SALIR PITANDO!
¡COF! ¡COF!
GRRR
¡DESPACIO, QUERIDOS CHUCHOS, DESPACIO!
Y CUANDO EL POLVO SE ASIENTA...
¡OOHHHH, LENTIX ESTÁ EN PELIGRO!
¡DEJAD EN PAZ A NUESTRO LENTIX!
?!
?
¡PIF!
¡GUAU!
¡PAF!
¡OH, LENTIX, NOSOTROS TE SALVAREMOS!

PERO ¿DÓNDE ESTÁ LENTIX?
¡EL CONCIERTO! ¡SEGURO QUE NOS ESPERA EN LA CRIPTA DE LA LECHUZA!
ME GUSTA MÁS CUANDO SON LOS IRREDUCTIBLES LOS QUE NOS DAN LA PALIZA...
ESA NOCHE, EN LA CRIPTA DE LA LECHUZA...
¡GLU, GLU, GLU!
¡PUF!
¡BRAVO!
¡SÍÍÍÍ! ¡LENTIX! ¡YUJUUUUUUU!
¡LENTIX! ¡LENTIX!
¡SILENCIO!
¡BLAAA-BRUUU-ÑAÑAÑA!

¡BLAAA-ÑA...!
¡QUÉ FALTA DE RESPETO HACIA NOSOTROS, SUS MÁS FIELES ADMIRADORES!
¡BLAAA-BRUUU-ÑAÑAÑA!
¡SPLOCH!
¡BU! ¡BU! ¡BU!
POF
¡SE ESTÁ BURLANDO DE NOSOTROS! ¡¡¡QUE NOS DEVUELVA EL DINERO!!!
¡BLAAA-BRUUU-ÑAÑAÑA!
¡BLAAA-BRUUU-ÑAÑAÑA!
EH... ¿PODRÍAS REPETIR MÁS DESPACIO?
¡PANDA DE INEPTOS, OS QUEDÁIS SIN RANCHO!
EH, SÍ...
¡GRACIAS, AMIGOS, HABÉIS SALVADO A AMNÉSIX!

FIN
DEL EPISODIO

LABIENUS LEGIONARIO

Textos: Philippe Clerc y Olivier Serrano
Dibujos: Philippe Fenech

¡OOOOH! ¿QUÉ ES LO QUE VEO EN TU ARMADURA? ¡¿UN RAYAJO?!
¡ES INTOLERAAAAABLE! ¡DESHONRAS A LA RESPLANDECIENTE ROMA! ¡EN NOMBRE DE CÉSAAAAR, TE DEGRADO!
¿CÓMO? PERO...
¡JI, JI, JI!
AL DÍA SIGUIENTE...
¡ALTO, GALO!
MULTA POR REBASAR LA VELOCIDAD PERMITIDA: CINCUENTA SESTERCIOS.
¿CINCUENTA SESTERCIOS? PERO...
¿RESISTENCIA A LA AUTORIDAD? TE JUEGAS CINCUENTA SESTERCIOS MÁS...
¡GRRRR!
¡OH..., OH...!

¡MUY BIEN! ¡BUEN PERRO!
TAP TAP
¡VAYA LAMECALIGAE ESE ARCABUS!
¡TU PUESTO NO ES REGLAMENTARIO! ¡CINCUENTA SESTERCIOS DE MULTA!
¡¿CÓMO?!
¡ESTÁN LOCOS ESTOS ROMANOS!
TOC TOC
?
?!
¡NO TE PASES, NOVATO! NO CONVIENE OFENDER A LOS GALOS.
¡PUEDE QUE ASTUTUS ME HAYA DEGRADADO, PERO NO SOY NINGÚN NOVATO!
¡ESTÁ BIEN, TAMPOCO HACE FALTA QUE TE PONGAS ASÍ!
SOY UN GENERAL CONVERTIDO EN LEGIONARIO, PERO ¡PLANEO DESAFIAR A LUTECIA PARA VOLVER A SER GENERAL!
TAMAÑO DE CUERNOS NO REGLAMENTARIO... ¡DIEZ SESTERCIOS!
TALLA MÍNIMA INSUFICIENTE... ¡VEINTE SESTERCIOS!

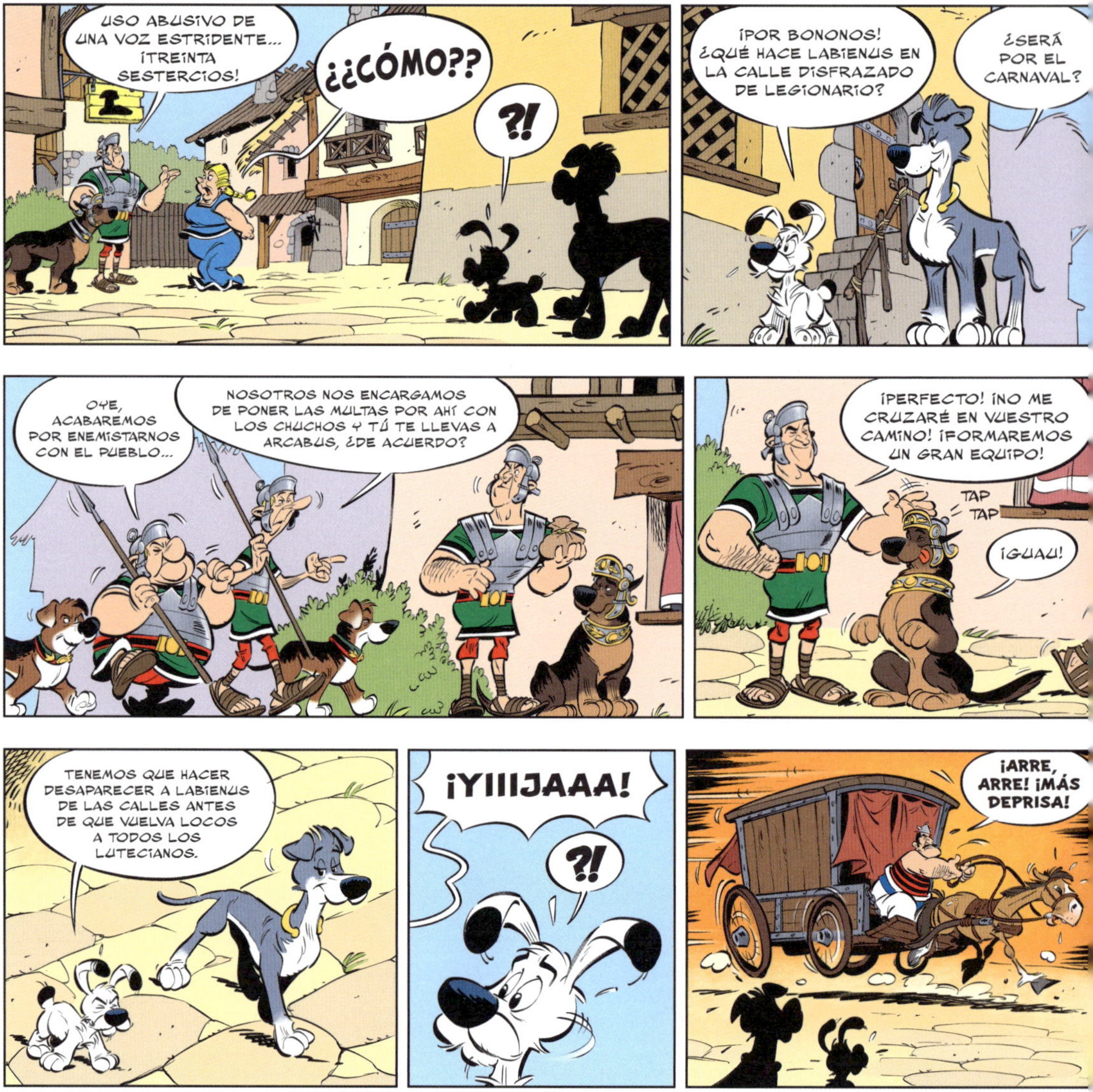
USO ABUSIVO DE UNA VOZ ESTRIDENTE... ¡TREINTA SESTERCIOS!
¿¿CÓMO??
?!
¡POR BONONOS! ¿QUÉ HACE LABIENUS EN LA CALLE DISFRAZADO DE LEGIONARIO?
¿SERÁ POR EL CARNAVAL?
OYE, ACABAREMOS POR ENEMISTARNOS CON EL PUEBLO...
NOSOTROS NOS ENCARGAMOS DE PONER LAS MULTAS POR AHÍ CON LOS CHUCHOS Y TÚ TE LLEVAS A ARCABUS, ¿DE ACUERDO?
¡PERFECTO! ¡NO ME CRUZARÉ EN VUESTRO CAMINO! ¡FORMAREMOS UN GRAN EQUIPO!
TAP TAP
¡GUAU!
TENEMOS QUE HACER DESAPARECER A LABIENUS DE LAS CALLES ANTES DE QUE VUELVA LOCOS A TODOS LOS LUTECIANOS.
¡YIIIJAAA!
?!
¡ARRE, ARRE! ¡MÁS DEPRISA!

¡ÍÍÍÍÍÍÍÍ!
¡BING!
¡ES IMPOSIBLE CIRCULAR POR ESTA CIUDAD!
¡VENGA, DALE, DALE!
¡TARDO CINCO SEGUNDITOS DE NADA!
AVENA Antiecológix
¡¡VAMOS, FUERA DE MI VISTA!!
ESTE SACO DE ORO PROCEDE DE LA LOBA. ¡LENTIX DEBE ESTAR ROBANDO A LOS ROMANOS!
SNIF SNIF
¡¿ORO?! ¡SI ALGUIEN LE PARASE LOS PIES, SEGURO QUE RECIBIRÍA UNA GENEROSA RECOMPENSA!
...
¿QUÉ PASA? ¿HE DICHO ALGUNA TONTERÍA?
¡NO, POR TUTATIS, AL CONTRARIO! ¡ACABAS DE DARME UNA IDEA!
¡JI, JI, JI, JI!

CONTAMINACIÓN OLFATIVA: ¡CUARENTA SESTERCIOS DE MULTA!
¡¿CÓMO?! PERO ¡SI MI PESCADO ES FRESQUÍSIMO!
¡GRRRRR!
¿QUIÉN HA MENCIONADO TU PESCADO? ¡JA, JA, JA, JA!
¡EH, ARCABUS!
¿QUÉ PASA?
¡VAYA, VAYA, SI SON LOS IRREDUCTIBLES! ¿QUERÉIS PELEA?
¡CALMA! ¡VENIMOS A ECHARTE UN CABLE!
¡ME PARECES DEMASIADO ENANO PARA IMPONER LA LEY!
¿CONFIARÍAS EN MÍ SI AYUDASE A TU AMO A VOLVER A SER GENERAL?
¡TE GANARÍAS UN BUEN RANCHO!
HUMM..., DE ACUERDO. PERO A LA MÁS MÍNIMA JUGARRETA, ¡SE ACABÓ LA *PAX ROMANA*!
JI, JI, JI...
¡GUAU! ¡GUAU!
¡UN SACO DE ORO DE LA LOBA! ¿DÓNDE LO HAS ENCONTRADO?
¡GUAU!

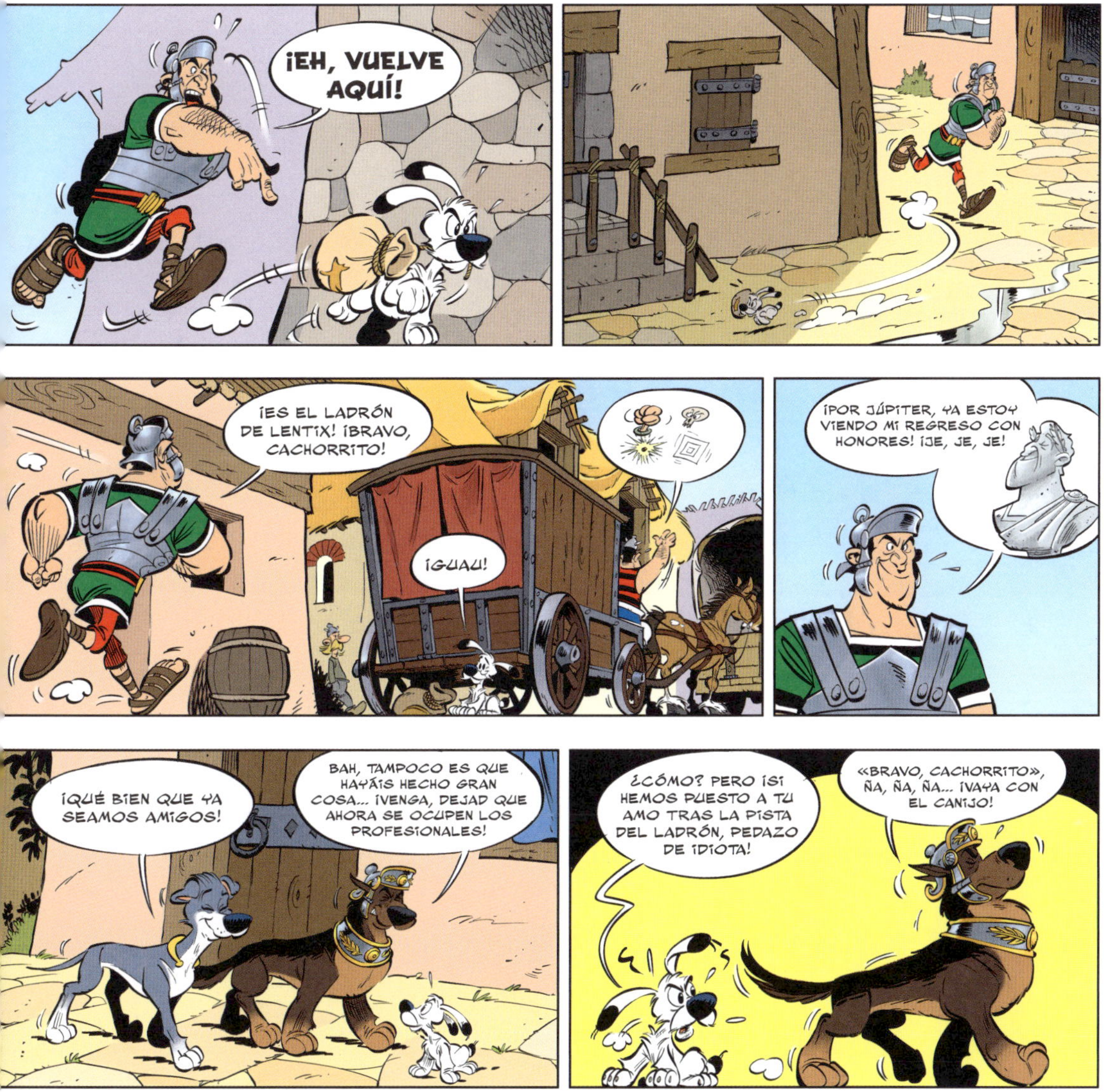
¡EH, VUELVE AQUÍ!
¡ES EL LADRÓN DE LENTIX! ¡BRAVO, CACHORRITO!
¡GUAU!
¡POR JÚPITER, YA ESTOY VIENDO MI REGRESO CON HONORES! ¡JE, JE, JE!
¡QUÉ BIEN QUE YA SEAMOS AMIGOS!
BAH, TAMPOCO ES QUE HAYÁIS HECHO GRAN COSA... ¡VENGA, DEJAD QUE AHORA SE OCUPEN LOS PROFESIONALES!
¿CÓMO? PERO ¡SI HEMOS PUESTO A TU AMO TRAS LA PISTA DEL LADRÓN, PEDAZO DE IDIOTA!
«BRAVO, CACHORRITO», ÑA, ÑA, ÑA... ¡VAYA CON EL CANIJO!

¡GUAU! ¡GUAU! ¡GUAU! ¡GUAU! ¡GUAU!
¿QUÉ PASA?
¡GUAU! ¡GUAU!
¡GUAU! ¡GUAU! ¡GUAU! ¡GUAU! ¡GUAU!
¡GUAU! ¡GUAU!
¡¡SILENCIO!!
?!
¡MIRA, LOS PERROS GALOS ESTÁN ATACANDO AL NOVATO!
¡ATRÁS, ASQUEROSOS CHUCHOS!
¡GRRRRR!
?
?
¡ESFUMAOS, INÚTILES!
PERO... ¿AHORA ESTÁS CON LOS IRREDUCTIBLES?
¡SÍ, SÍ, SÍ!
¡¡CLARO QUE NO!!
¡POR SUPUESTO QUE SÍ!
?!
¡SOLO ERA POR SABERLO!
SÍ, ESTAMOS PERDIDOS, NO... BIEN, NOSOTROS...

¡GUAU! ¡GUAU! ¡GUAU! ¡GUAU! ¡GUAU!
?!
¡ESTÁN LOCOS ESTOS PERROS!
¡GUAU! ¡GUAU!
¡GUAU!
¡BÁJATE DE ESE CARRO, LENTIX!
¿LOS ROMANOS?
¡APARTAOS! ¡TRANSPORTE PREFERENTE!
¡CHAC!
¡POR VUESTRA CULPA, LENTIX NOS HA DESCUBIERTO! ¡ID A BLOQUEAR EL PUENTE, NO PUEDE ABANDONAR LUTECIA!
¿CÓMO TE ATREVES A HABLARNOS ASÍ?
¡NO OBEDECEMOS TUS ÓRDENES! ¡YA NO ERES EL JEFE!
REPÍTELO Y LO COMPROBAREMOS...
¡NO, NO, ESTÁ BIEN, YA VAMOS!
AY, AY, AY.
ESE MEMO DE ARCABUS NOS HA HECHO PERDER A LENTIX...
SNIF SNIF

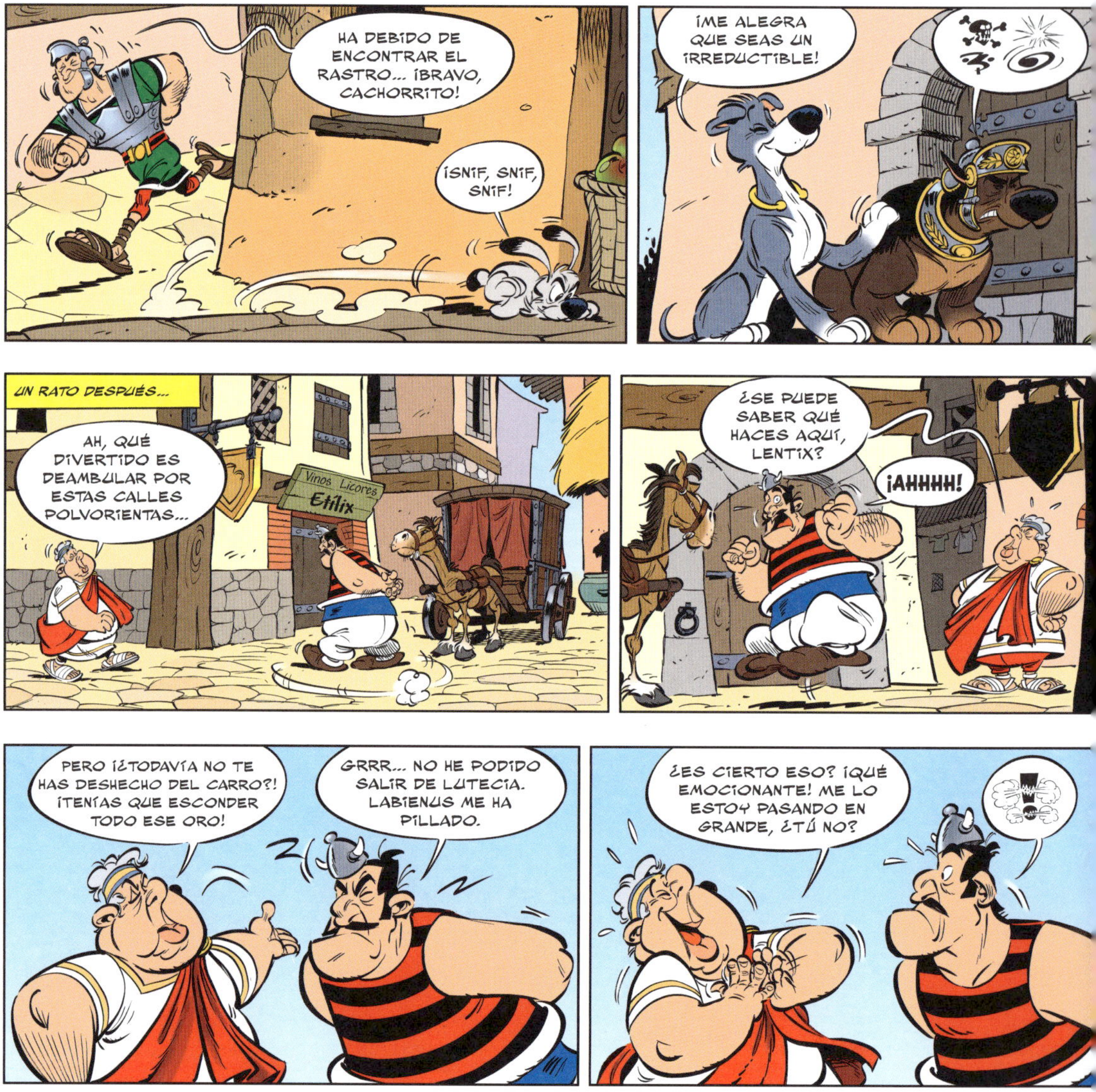
HA DEBIDO DE ENCONTRAR EL RASTRO... ¡BRAVO, CACHORRITO!
¡SNIF, SNIF, SNIF!
¡ME ALEGRA QUE SEAS UN IRREDUCTIBLE!
UN RATO DESPUÉS...
AH, QUÉ DIVERTIDO ES DEAMBULAR POR ESTAS CALLES POLVORIENTAS...
Vinos Licores
Etílix
¿SE PUEDE SABER QUÉ HACES AQUÍ, LENTIX?
¡AHHHH!
PERO ¡¿TODAVÍA NO TE HAS DESHECHO DEL CARRO?! ¡TENÍAS QUE ESCONDER TODO ESE ORO!
GRRR... NO HE PODIDO SALIR DE LUTECIA. LABIENUS ME HA PILLADO.
¿ES CIERTO ESO? ¡QUÉ EMOCIONANTE! ME LO ESTOY PASANDO EN GRANDE, ¿TÚ NO?

¡VAMOS, BUSCA!
¡NI SE TE OCURRA QUITARME EL PUESTO, CANIJO!
PERO ¿QUÉ DICES?
EN CUANTO LE ECHEMOS LA PATA ENCIMA A ESE LADRÓN, LO MEJOR SERÁ QUE TE ESFUMES.
¡NO LO DESCONCENTRES, ARCABUS, ESTÁ SIGUIENDO EL RASTRO DE LENTIX!
¡PAF!
GRRRRR...
¡BUEN CACHORRITO!
¡AHÍ ESTÁ!
¡BRAVO, PERRITO! ¡SOLO TENGO QUE ATRAPARLO Y EL PREFECTO ME RECOMPENSARÁ!
¡GGGRRRR!

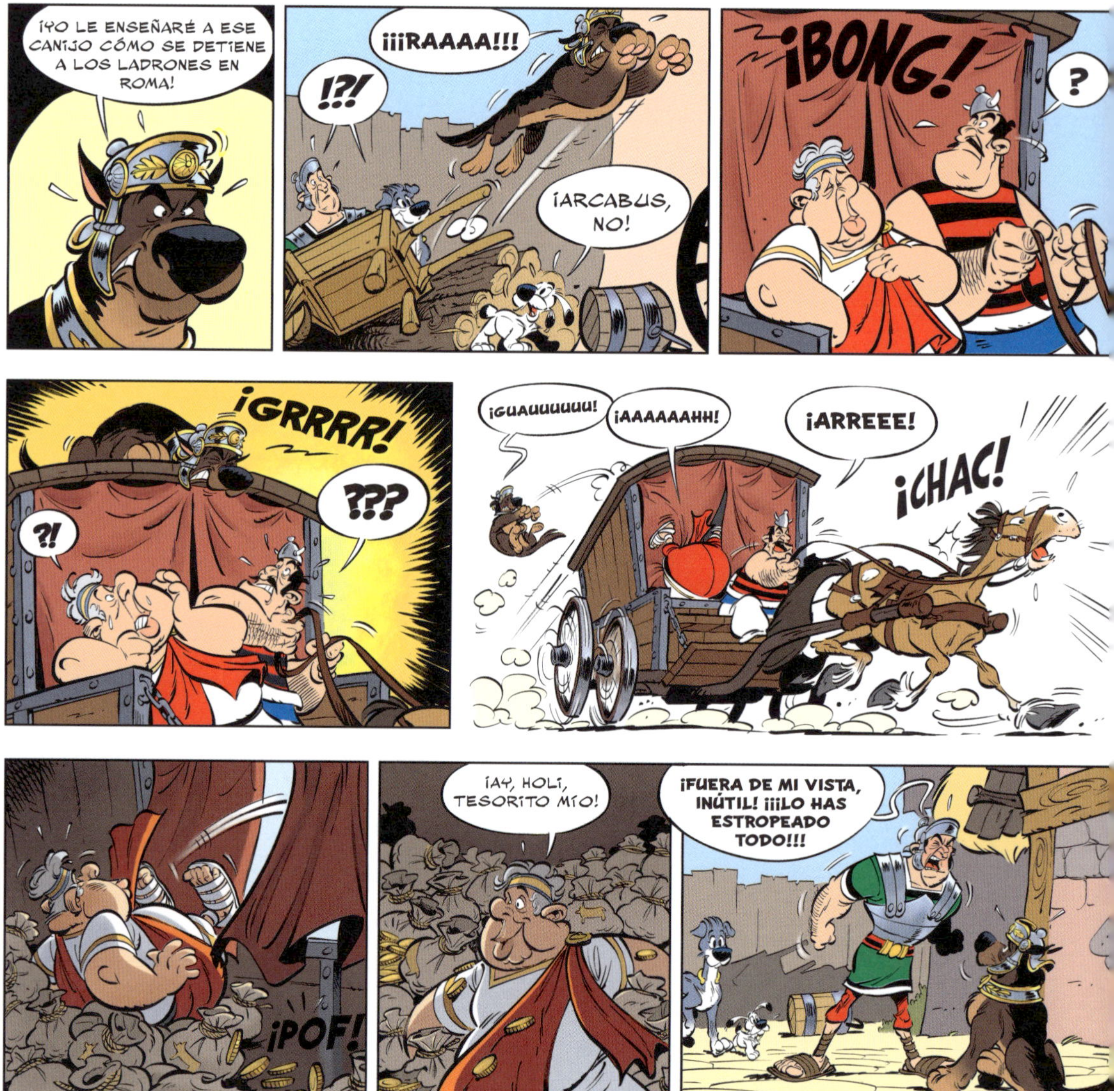
¡YO LE ENSEÑARÉ A ESE CANIJO CÓMO SE DETIENE A LOS LADRONES EN ROMA!
¡¡¡RAAAA!!!
!?!
¡ARCABUS, NO!
¡BONG!
?
¡GRRRR!
?!
???
¡GUAUUUUUU!
¡AAAAAAHH!
¡ARREEE!
¡CHAC!
¡POF!
¡AY, HOLI, TESORITO MÍO!
¡FUERA DE MI VISTA, INÚTIL! ¡¡¡LO HAS ESTROPEADO TODO!!!

¡MISIÓN ROMANA PRIORITARIA! ¡REQUISO ESTE VEHÍCULO!
AH, PUES TENGO QUE PREGUNTARLE A MI SUEGRO, PORQUE...
¡ESTA VEZ NO SE ME ESCAPARÁ!
¡CHAC!
TURBINA, ¡HAZ ALGO PARA RALENTIZAR EL CARRO DE LENTIX!
¡VALE, VALE!
¿Y AHORA QUÉ OCURRE?
¡BRUUUUUM!
¡BONG!
¡TOC!
¡OH, OH, OOOOHHH!
CATAPLAF

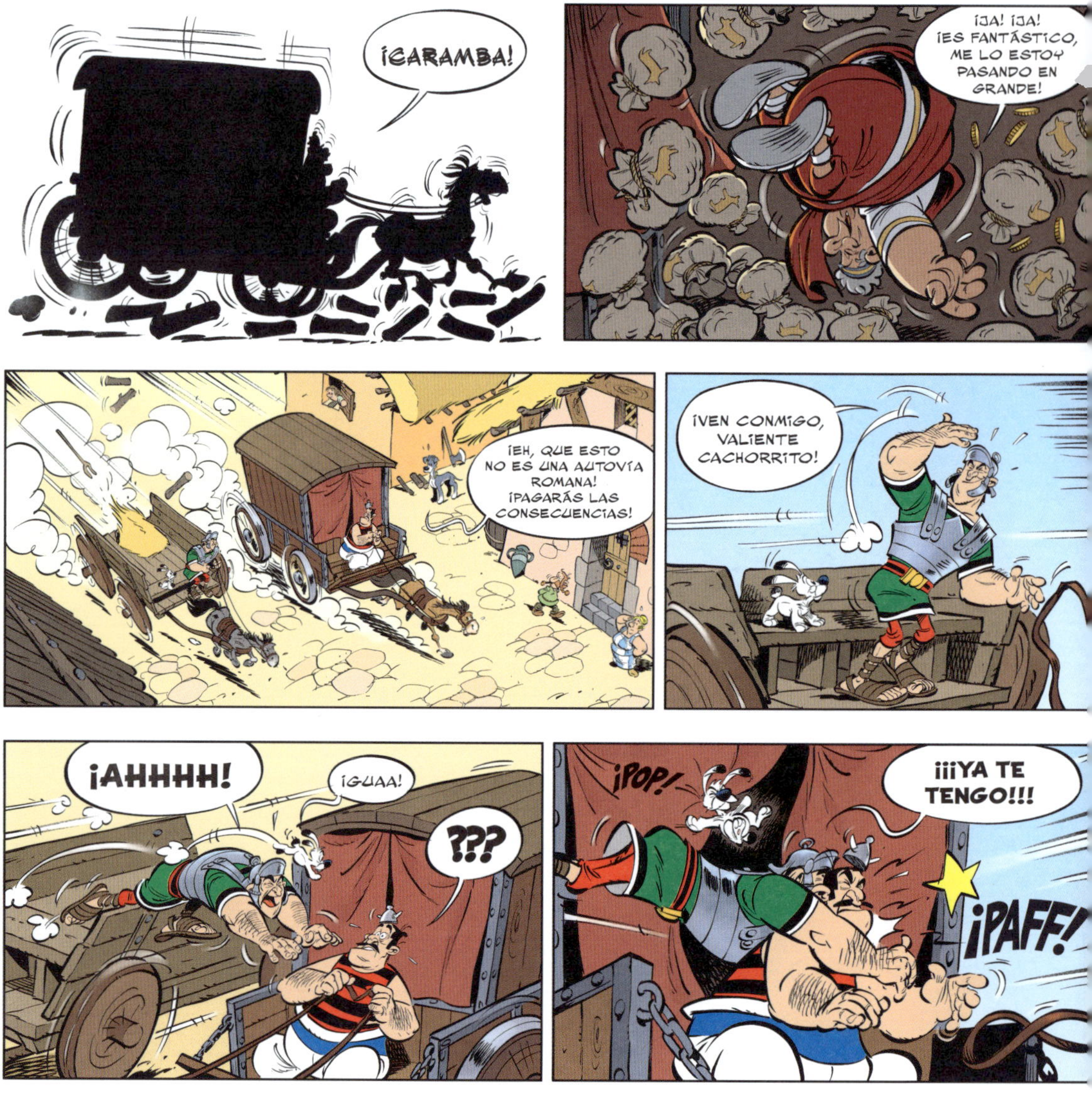
¡CARAMBA!
¡JA! ¡JA! ¡ES FANTÁSTICO, ME LO ESTOY PASANDO EN GRANDE!
¡EH, QUE ESTO NO ES UNA AUTOVÍA ROMANA! ¡PAGARÁS LAS CONSECUENCIAS!
¡VEN CONMIGO, VALIENTE CACHORRITO!
¡AHHHH!
¡GUAA!
???
¡POP!
¡¡¡YA TE TENGO!!!
¡PAFF!

¡PAF!
¡AAA...
... CHÍS!
¡¡EH, DEVUÉLVEME ESO!!
A LA SALIDA DE LA CIUDAD...
ZZZZ
¡CANALLA!
HASTATUS!*
¡PIF!
¡PAF!
* SOLDADO RASO (RECLUTA) EN LA LEGIÓN ROMANA.

¡BROLOBROLOMBROM!
¡PAF!
¡DE... DETENEOS! ¡¡EN NOMBRE DE ROMA!!
¡BUUM!
VINIERON, LOS VIMOS, VENCIERON...
HEMOS TOCADO FONDO...
¡BANG!

ESTOY HECHO POLVO...
MI TESORO, MI HERMOSO TESORO...
¡GUAU!
¡BONG!
¡¡¡OH, NO!!!
¡¡¡MI OROOOO!!!
¡PLOF!
¡ARRE, ARRE! ¡¡¡SÁCANOS DE AQUÍ!!!
¡CHAC!

SIN COMENTARIOS...
¡OH, AMO, NO TE DEJARÉ CAER!
¡PAF!
¡PAFF!
FIUUU...
¡¡¡ACHÍÍÍSS!!!
?!
¡¡¡¡¿CÓMO?!!!!
OH, GRAN PREFECTO, ¡¿QUÉ HACES AQUÍ?!

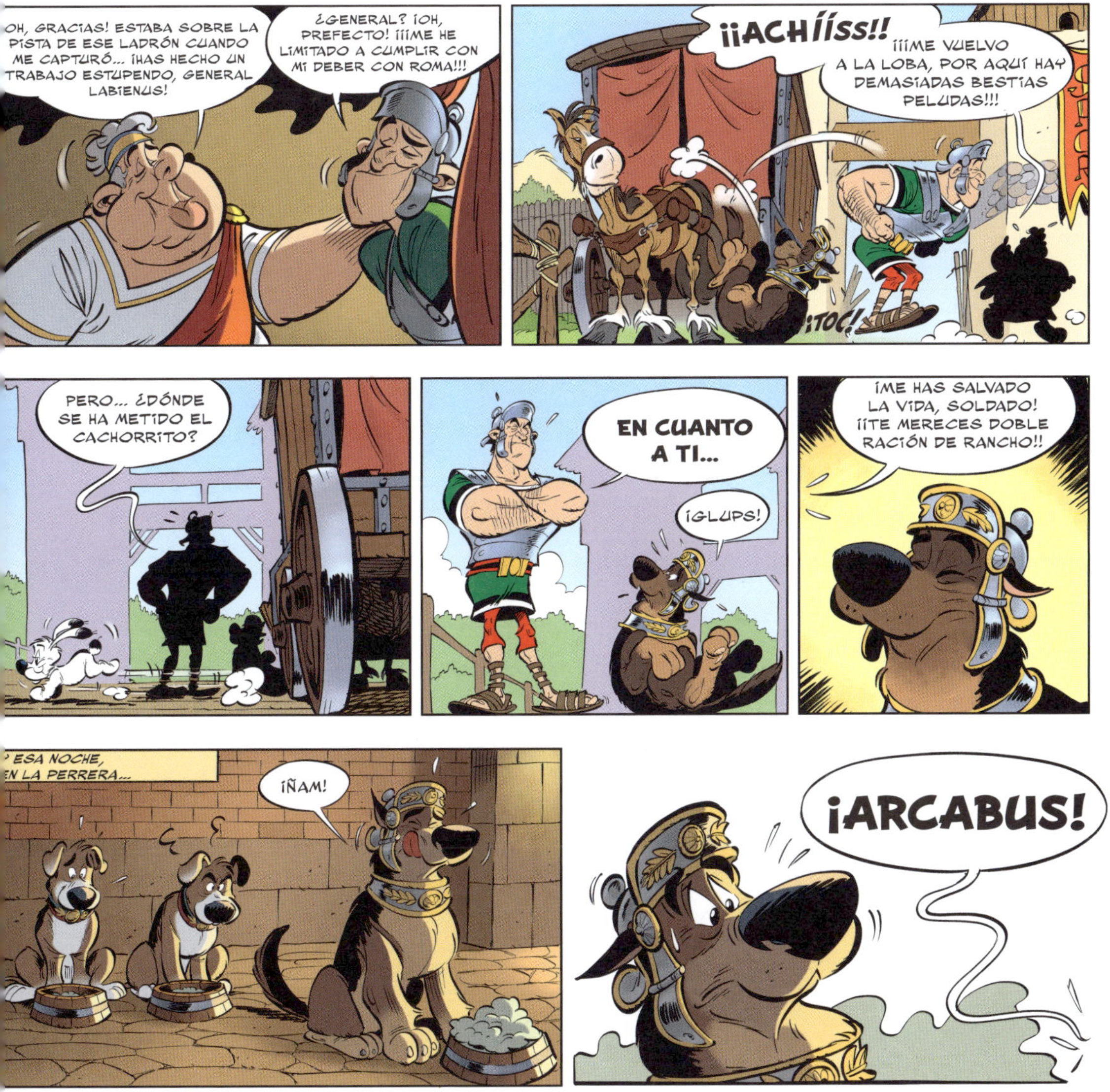

OH, GRACIAS! ESTABA SOBRE LA PISTA DE ESE LADRÓN CUANDO ME CAPTURÓ... ¡HAS HECHO UN TRABAJO ESTUPENDO, GENERAL LABIENUS!
¿GENERAL? ¡OH, PREFECTO! ¡¡¡ME HE LIMITADO A CUMPLIR CON MI DEBER CON ROMA!!!
¡¡ACHÍÍSS!!
¡¡¡ME VUELVO A LA LOBA, POR AQUÍ HAY DEMASIADAS BESTIAS PELUDAS!!!
¡TOC!
PERO... ¿DÓNDE SE HA METIDO EL CACHORRITO?
EN CUANTO A TI...
¡GLUPS!
¡ME HAS SALVADO LA VIDA, SOLDADO! ¡¡TE MERECES DOBLE RACIÓN DE RANCHO!!
Y ESA NOCHE, EN LA PERRERA...
¡ÑAM!
¡ARCABUS!

FIN
DEL EPISODIO

Busca a Ideafix y a sus amigos en la serie de animación en 3D

IDEAFIX® y los irreductibles

¡POR TUTUTATIS, LOS ROMANOS VAN A PERDER LA CABEZA!

www.asterix.com

Asterix y Obelix @lartdasterix

Título original: *Idéfix et les Irréductibles – Tome 7 – La Traversée de Lutèce*
Traducción: Isabel Soto y Alejandro Tobar
Colaboración en el color: Sylvaine Scomazzon y Camille
Colaboración en el texto de *La travesía de Lutecia:* Philippe Fenech
Colaboración en el guion gráfico de *Gorgoritos en la cripta* y *Labienus legionario:* Loïc Nicoloff
Tres historias adaptadas de la temporada 2
de la serie *Ideafix y los irreductibles* realizada por Olivier Brugnoli

Publicado en 2025 por:
Grupo Editorial Bruño, S. L.
Valentín Beato, 21. 28037 Madrid

Primera edición: octubre 2025

Depósito legal: M-11199-2025
ISBN: 978-84-696-4400-3
Printed in Spain-Impreso en España

PAPEL DE FIBRA CERTIFICADA